shakespeare + wright

YOLO, *Julia*

YOLO, *Julia*

Romeo und Julia 2.0

william shakespeare + brett wright

riva

Inhalt

Senden

wer ist wer?

Romeo

Montague, Romeos Dad

Benvolio, Romeos Freund, Montagues Neffe

Balthasar, Romeos Diener

Julia

Capulet, Julias Dad

Lady Capulet, Julias Mom

Amme, Julias Dienerin

Tybalt, Julias Cousin

Der Prinz von Verona

Paris, Verwandter des Prinzen

Mercutio, Verwandter des Prinzen, Romeos Freund

Bruder Lorenzo, ein Franziskaner-Mönch

Bruder John, vom selben Orden wie Lorenzo

Wächter

Senden

Figuren, die in diesem Buch nicht auftreten

(aka Leute ohne Smartphones)

- Lady Montague, Romeos Mom
- Abram, Romeos Diener
- Petruchio, Tybalts Freund
- Sampson, Diener
- Gregory, Diener
- Peter, Diener
- Page von Paris
- Chor

Senden

1. Akt

[1. Szene]

BENVOLIO

Hey, Bro! ☀️ Unglaublich, was mir gerade passiert ist. 😨

Hatte schon mächtig Stress! 💥❗💥

Die Capulets mal wieder. Die müssen weg! Vor allem Tybalt.

Hey? Anwesend? Hab deiner Mom versprochen, nach dir zu schauen. 😜

ROMEO

Wie spät ist es denn? Viel zu früh. 🕒😴

BENVOLIO

Genau, Mann. 9 Uhr! Wach auf! ⏰

ROMEO

😞 Das ist es ja gerade! kB. Zu traurig. Da ist einfach nichts, wofür zu leben sich lohnt. 😔

BENVOLIO

HAHAHA. Oh, Mann. 👍

Senden

ROMEO

😕 Was?

BENVOLIO

Dich hat's erwischt 💘, stimmt's?

ROMEO

Merkt man's so deutlich?

Aber sie liebt mich nicht. 💔

BENVOLIO

Bro, mal ehrlich: Love sux.

Klar, auf dem 📃 hört sich das alles Hammer an. Aber da reinzuschlittern? Bloß nicht, thx! 🙅

ROMEO

Brauchst gar nix sagen. Mich hat's voll erwischt. 😫

Kann mir nicht helfen. Liebe ist alles auf der 🌎 – klasse und abgefuckt. Mist auch!

Na egal. Sry. Was war heute Morgen? Stress?

Senden

BENVOLIO

😔

ROMEO

Why 😔?

BENVOLIO

Bin mies drauf, weil du mies drauf bist. 😐

ROMEO

Kann damit nicht umgehen. Mit dir geht's mir nur schlechter. bn.✌️

BENVOLIO

Moment! Verrat mir wenigstens, wer sie ist.

ROMEO

Really?

Sie ist Hammer, mehr musst du nicht wissen. 🔥
Nicht nur heiß, sondern echt hübsch. Und klug. 👓
Aber sie liebt mich nicht, also isses auch egal ... 😞

BENVOLIO

Hör mal, denk einfach nicht mehr an sie. 🙉

Senden

ROMEO

WTF? Wie denn?

BENVOLIO

Es gibt noch so viele andere 🐠 im 🌊, Mann. Such dir ne Neue.

ROMEO

Geht nicht. Andere Mädchen erinnern mich nur an sie. Bin durchgeknallt/verrückt. 🌀 🌀 I G2G. bb ✌️

[2. Szene]

PARIS

Alsooo ... wie sieht's jetzt aus? 😀

CAPULET

Worum geht's?

PARIS

Um die Hochzeit mit deiner Tochter! 👰

CAPULET

Hab dir doch gesagt: Sie ist zu jung! 🔞 Noch keine 14. Komm in 2 Jahren wieder.

Senden

paris

Jüngere als sie heiraten andauernd.

capulet

Klar, werden auch viel zu schnell 🔼 groß. 🌱

Aber frag sie ruhig. Wenn sie ja sagt, habt ihr meinen Segen. 💒

paris

Jaaaaa!

capulet

BTW, heute Abend Party in meinem 🏡 🎉 🎈.
Solltest auch kommen! Jede Menge 🙋 🙋 🙋, nicht nur meine Tochter. Vielleicht fällt dir was ins 👀. Bd!

📅 Event: 10+ Gäste sind auf dem Anwesen der Capulets zu einer Dinnerparty eingeladen.

- Signor Martino & seine Frau & Töchter,
- Mercutio & sein Bruder Valentine,
- Onkel Capulet & seine Frau & Töchter,
- Rosaline & Livia,
- Signor Valentio & sein Cousin Tybalt

Senden

Romeo

Schon von der Party bei den Capulets gehört? Sollten wir unbedingt hin!

Benvolio

Logo. Und weißt du, wer da sein wird – Rosaline. 🌹 Die »Liebe deines Lebens«.

Und wir: reinschleichen und die anderen Bräute abchecken? 👀 Vielleicht entdeckst du ja andere Schnittchen.

Romeo

KEINE ist besser als Rosaline. Aber im Ernst; wir sind Montagues. Können nicht einfach auf eine Party der Capulets. 🚫

Benvolio

Na los! Wenn wir nicht gehen, könnten wir srsly was verpassen. 😜

Frag mal Mercutio – der steht auf der Liste. Und wir brechen ja nix vom Zaun. Gucken nur, ob Rosaline es wert ist 🎭.

Romeo

K, dann auf! Kann's kaum erwarten, sie zu sehen. 😍 L8R.

Senden

[3. Szene]

Lady Capulet

Julia, hny, wir müssen reden. In Liebe, Ma

Julia

waaaas, 👵?

Lady Capulet

Es geht um 👰. In Liebe, Ma

Julia

uh, mom. neeeee. 🙅 kb, jetzt verheiratet zu werden. 💅

Lady Capulet

Doch! Das muss sein. Und du solltest besser in die Gänge kommen. In deinem Alter war ich schon Mutter. Während du noch Single bist, haben die meisten Mädchen längst Ehemänner. 💑💑💑 In Liebe, Ma

Lange Rede, kurzer Sinn: Ein Mann namens Paris 🇫🇷 hat um deine Hand angehalten. 💍 Er ist eine gute Wahl. Du solltest ihm eine Chance geben. Was meinst du? In Liebe, Ma

Senden

julia

seufz. na gut. treff ich ihn halt. 😒 aba versprechen tu ich nichts.

Lady capulet

Oh, prima! Und jetzt mach dich fertig. Die ersten Party-Gäste treffen gerade ein! Zieh dir was Hübsches an. 👗👠💄 In Liebe, Ma

[4. Szene]

Gruppentext an: Benvolio und Mercutio

Romeo

Also, wie machen wir's? Was hauen wir raus, wenn wir erwischt werden?

Benvolio

Du denkst zu viel. Wir tragen 🎭. Erkennt uns sicher niemand. Wir gehen rein, 💃, 😘 und verschwinden wieder. 🚪 Alles easy.

Romeo

Mag nicht 💃. Bin immer noch zu 😔.

Senden

Mercutio

Kannst du gefälligst aufhören, Trübsal zu blasen!!! Du bist ein Lvr, kein H8r. ❤️ Beweis es!

Romeo

Klar, nur diesmal hat's mich umgehauen. 👊

Mercutio

Lass dich nicht runterziehen ⬇️. ❤️ ist das Beste auf der 🌎.

Romeo

Na ja? Hass die Liebe gerade. 😡

Mercutio

Musst dich wehren, Mann. Zeig der Liebe, wer das Sagen hat! 👮 Wir tragen 🎭. Sind geschützt.

Benvolio

Genau, thx. Dann mal los! Ich will's krachen lassen. 🎹🎺🎵

Romeo

Dann zieht mal los, Jungs. Ich bin raus. GL

Finde die Idee außerdem blöd. 😟

Senden

Mercutio

Mann, Romeo! Why?

Romeo

Hab letzte Nacht geträumt … 💭

Mercutio

Gr8! 👌 Willkommen im Club. Hab ich auch!

Romeo

Worum ging's bei dir?

Mercutio

War aufschlussreich. Hat mir verraten:
Träumer sind Lügner. Hust.

Romeo

Genau, sie liegen im Bett und träumen von der Wahrheit. 😴

Mercutio

Hast wohl wieder von Queen Mab 👸 geträumt?

Romeo

kA wer das ist.

Senden

Mercutio

Ach, komm schon, Queen Mab? Die Amme der Elfen.

Na ja, sie ist mini. Reist jede Nacht in ihrem kleinen Wagen über Männernasen 👃 👃. Gelangt so in ihren Kopf und lässt sie von der – tatatatata – Liebe ❤️ träumen. Stellt durchgeknallte 🌀 Sachen mit den Leuten an. Fährt manchmal den Mädchen über den Mund 👄, dann träumen sie vom Küssen 😘. Doch Queen Mab hat …

•••

Romeo

ES REICHT. Schon verstanden. Macht euch nur über mich lustig! 😡

Mercutio

Klar, Mann. Meine Rede. Träume sind albern. 😛

Benvolio

Jungs. JUNGS! Will euch nicht unterbrechen, aber das dauert ewig. Essen ist vermutlich längst vorbei, und wir kommen zu spät. ⌚

Senden

Romeo

Will sowieso nicht pünktlich hingehen.
Hab ein doofes Gefühl. 😟

Bin ja aber überstimmt. Seufz. Also, lasst uns gehen.

[5. Szene]

✅ Check in: Romeo ist jetzt auf dem Anwesen der Capulets.

👦 Romeo
Auf einer Party, auf der ich nicht sein sollte, lol.

👍 REPLY

Romeo: WOW! Heiße Braut entdeckt. Sie. Ist. #perfekt. ✨❤️✨
Tybalt: 😡

● ● ●

Tybalt

Was machen unsere Feinde hier?! 👀 Der Kerl ist definitiv ein Montague und er starrt Julia an. 👧

Capulet

Ist das Romeo? 👦

Senden

Tybalt

Ja! Der widerliche Romeo! 👿

capulet

Beruhig dich! Er ist harmlos und, wie ich gehört 👂 habe, ein guter Junge. Seid gefälligst 😀 auf meiner Party – nicht 😔!

Tybalt

Nicht, wenn er auch hier ist. 👎

capulet

Das ist mein 🏡 und du wirst dich mit ihm vertragen.

Tybalt

Aber er lässt uns wie Idioten dastehen!

capulet

Du wirst mir nicht die Party vermasseln. Geh jetzt. Und Klappe halten ... sonst! 😬

Tybalt

Schon gut. Ich trau mir selber nicht, wenn ich so 😡 bin. Aber Romeo lass ich damit nicht durchkommen.

Senden

Julia Direktnachricht –> an Romeo

hey. hab deinen status gesehen. geht's um mich? hier ist meine #, txt me!

ROMEO

Hey. 👋 Du hast das gesehen? Sry, dachte, keiner folgt mir. Thx für deine Nummer. Würd lieber deine Hand halten.

julia

waaaas. ich auch. aber wir dürfen nicht zusammen gesehen werden. 🚫

ROMEO

Warum nicht? Lass uns eine ruhige Ecke suchen und treffen?

julia

jetzt? dk

ROMEO

Nur kurz. Direkt bei dir gegenüber. Bin sofort da!

Senden

Romeo
Gerade das schönste Mädchen im ganzen Saal geküsst. 💏
#unglaublich #schwebenaufWolke7 ✨

👍 Julia gefällt das. REPLY

Amme: Du weißt aber schon, dass sie eine Capulet ist, oooder? #oohjunge #dasdrama
Romeo: !!!!! #aaahhh 😱

ROMEO

Das Mädchen ist eine Capulet!!! 🙊 WTF.
Hab den Feind geküsst!!!

BENVOLIO

Lasst uns verschwinden! Die Party ist eh vorbei. 🏃

ROMEO

Bin echt in Schwierigkeiten. 😟

AMME

Mädel, du weißt schon, was du grad verbockt hast?

Senden

julia

mega, hab den niedlichsten jungen im saal geküsst. hoffe, er ist single. lieber 😵 als mit sonst jemand zusammen sein!

Amme

Ne, Mädel? Du kapierst's nicht. Dieser Junge ist Romeo. 👦 Er ist ein Mon-ta-gue.

julia

echt jetzt? na toll. hab mich in den einzigen kerl 💖, den ich nicht lieben darf. wtf.

Senden

2. Akt

Senden

[1. Szene]

Benvolio

Hey, hast du Romeo gesehen? Srsly, wo ist er hin?

Mercutio

Chill mal. Wahrscheinlich ist er nach 🏡.

Benvolio

Nein, ist er nicht. Er ist abgehauen. Ich sag's euch.

Kannst du ihm txt? 📱
Er antwortet mir nicht.

Mercutio

Ja, klar. kP.

Gruppentext an: Benvolio, Romeo

Mercutio

Hey, Loverboy. Komm raus, komm raus, wo immer du bist. Rosaline 🌹 ist bei uns ...

Senden

Benvolio

Lass das! ✂️ Wenn er rauskriegt, dass wir lügen, ist er sauer. 😡

Mercutio

Wasauchimmer. Will nur, dass er auftaucht. Bin eh müde. 😴 Lass uns abziehen.

Benvolio

Na gut. Keine Chance, ihn zu finden, wenn er nicht gefunden werden will.

Senden

[2. Szene]

✅ Romeo befindet sich jetzt unter Julias Balkon.

📢 Sprachnachricht von Romeo

BACK **ROMEO** +

Haha. BFFs nerven manchmal echt sowas. Muss manchmal einfach weg, brauch Zeit nur für mich. Ey – was ist das? 🔭 Hammer! Da ist Julia! Sie ist so mega. Sie leuchtet heller als die ☀️. Sie ist herrlicher als die 🌃 am Himmel. Will sie so sehr! Wünschte, sie wüsste wie sehr! Wenn ich nur die Hand ausstrecken und sie berühren könnte. 👼
Hört sich an, als würde sie was lesen ...

Senden

Sprachnachricht von Julia

BACK **JULIA** +

liebes tagebuch,
romeo. 👦 romeo. 👦 wtf – warum ist er nur ein montague? ach, würd er doch nur seinen namen ändern. oder ich geb meinen namen auf, wenn er mir ewige ❤️ verspricht. ciao, capulet! 🚫 was für einen sinn haben namen überhaupt? echt jetzt. gib einer 🌹 irgendeinen namen und sie ist immer noch süß 👃. grr. hör einfach auf, ein montague zu sein, und wir können zusammen sein, romeo! 💑 das ist 💯 mal besser als alles andere.

Senden

Sprachnachricht von Romeo

BACK **ROMEO** +

Oh, wie gut ich sie verstehe. Ich muss nur wissen, dass ich ihre wahre bin. Dann lasse ich Montague fallen wie eine schlechte Angewohnheit.

julia

ey, romeo, bist du das? hast du die ganze Zeit ?

romeo

Viiiiieeeelleicht.

Wollte mich zu erkennen geben, wusste aber, dass ich's besser lasse. Weil ich ein Montague bin .

julia

nein, txt weiter. ist so leichter. du bist zu weit unten.

meine familie soll dich nicht schreien . sie wären srsly sauer. also echt angepisst.

Senden

wie hast du's überhaupt her geschafft? die mauern sind echt hoch. 🗻

ROMEO

Bin drübergeklettert. kP. Konnte es nicht erwarten, dich wiederzusehen! 😍

Und: Ich fürchte mich nicht vor deiner Familie.

julia

das solltest du aber. wenn sie dich hier sehen, bringen sie dich um. 🔫

ROMEO

Na und? Chill mal. ❄️ Ist doch nichts im Vergleich zu einer Ablehnung von dir.

julia

sry, es ist nur … ich würd alles tun, damit sie dich nicht schnappen.

ROMEO

Hey. Die Dunkelheit verbirgt mich. 🌃 Außerdem, wenn du mich nicht magst, wäre ich sowieso lieber tot.

Kann ohne dich nicht leben! 😍

Senden

julia

srsly, woher wusstest du, wo mein zimmer ist?

ROMEO

Bin nur meinem ❤️ gefolgt. Es zeigte den Weg. 👣

julia

zum glück ist es dunkel. bin ganz verlegen. 😊

hey, romeo. ich mag dich echt, so richtig. ich weiß, ich hätte mich schwerer rumkriegen lassen sollen, aber dazu ist es wohl 2l8. ich mag dich so. ich meine …

ich 💖 dich, romeo.

ROMEO

Julia, ich schwöre beim 🌙

julia

du schwörst auf einen stein am himmel? srsly?

der ändert sich doch dauernd. 🌙🌑🌕

Senden

ROMEO

Worauf soll ich sonst schwören?

julia

vielleicht sollten wir uns keine versprechen geben. noch nicht. es geht alles so ⚡ schnell.

bisher ist es soo schön. 👍 schaun wir mal, was geht, wenn wir uns wiedersehen.

muss jetzt. 💤 hoffe, du schläfst so gut, wie ich es 😀 werde.

ROMEO

Du verlässt mich schon??

julia

was kann ich noch sagen?

ROMEO

Also, wär schon glücklich, wenn wir einander 💖 für immer versprochen wären. Ich meine, wenn es ernst wäre, richtig ernst. Wie Heiraten ernst.

Senden

julia

ich hab dir schon mein ❤️ ausgeschüttet.
ich würd's zurücknehmen, wenn ich könnt.

ROMEO

Was zur Rolle, Julia!

Mist! Autokorrektur 😐

Hölle!

julia

hihihi. roll, roll. 🐣

ROMEO

WTF, Julia. Was jetzt? ⁉️

julia

spaß. ich würd's zurücknehmen, um's dir wieder und wieder geben zu können. 😊 😉

meine ❤️ ist so tief wie der ozean. 🌊 hey, man ruft nach mir. warte ne sekunde. brb

Senden

Romeo

Muss mich selbst kneifen. Träum ich oder passiert das IRL? #wahreliebe #schwebenaufWolke7

REPLY

julia

hey, romeo. ganz schnell. wenn du mich wirklich, wirklich ❤️ und srsly heiraten willst …

lass uns morgen weiterreden. schlaf drüber. 😴 morgen checken wir dann ab, wann und wo wir heiraten wollen, wenn's dir ernst ist.

gn8! träum schön!

wann 🕒 txt wir morgen?

Romeo

So um 9. 🕘

julia

mega! wird sich bis dahin wie jahre anfühlen. 📅

sry, dass ich mich verabschiede und dann doch wieder schreibe. diesmal hab ich nen grund, ich schwör. fällt mir sicher gleich wieder ein.

Senden

ROMEO

😀 kP. Ich warte, bis es dir wieder einfällt.

julia

dann wird's wohl ewig dauern, bis es mir einfällt. hmmm … 😀

ROMEO

Gr8. Schätze, ich hab genau hier mein neues Zuhause gefunden. 😉

julia

ich wünschte, du müsstest nicht weg.

aber je eher wir ins bett gehen, desto rascher kommt der morgige abend. gn8 😘

ROMEO

Träum schön, mu. 😘

🎵 Julia hört gerade »Love Story« von Taylor Swift auf Renaissance FM.

[3. Szene]

ROMEO

Guten Morgen, Bruder Lorenzo! 🌅

Senden

Bruder Lorenzo

Romeo, so früh schon auf? Du solltest ausschlafen. Warst du überhaupt im Bett oder die ganze Nacht unterwegs? – BL

Romeo

Na ja, Letzteres. Die Nacht war viel zu mega, um sie zu verschlafen! 😜

Bruder Lorenzo

Warst du etwa bei Rosaline? OMG, möge Gott euch alle Sünden, die ihr beiden begangen habt, vergeben. – BL

Romeo

Keine Sorge, Bruder. Sie ist Schnee von gestern. ❄️ Bin schon lange über sie hinweg.

Bruder Lorenzo

Wo warst du denn dann? – BL

Romeo

Na ja, das ist das Problem. War mit dem Feind zusammen.

Bin aber sowas von 💖! Und sie auch! Und Ihr seid der Einzige, der uns helfen kann.

Senden

Bruder Lorenzo

Das verwirrt mich. 😕 – BL

Romeo

Bin in Julia Capulet verliebt.

Kann auch alles erklären, l8r. Aber Ihr müsst uns verheiraten. 💒 Heute noch. Ist mega eilig. 🚨

Bruder Lorenzo

Heilige 💩, Romeo! Das kommt überraschend. Ist Rosaline so schnell vergessen? Dabei hast du kaum das Bett verlassen, so traurig warst du. Und schwups bist du in eine Neue verliebt, die du gerade erst getroffen hast? Es stimmt also: Männer vergucken sich zuerst mit ihren 👀. Woher willst du wissen, dass dir das nicht nochmal passiert? – BL

Romeo

Ihr wart doch wegen Rosaline so streng mit mir.

Bruder Lorenzo

Weil du von ihr besessen warst. Nicht, weil du sie geliebt hast. Das ist ein ziemlicher Unterschied. – BL

Romeo

Ihr habt doch gesagt, ich soll sie vergessen! 👉

Senden

Bruder Lorenzo

Aber nicht, indem du eine Neue findest! – BL

Romeo

Ihr versteht nicht. Rosaline hat mich nie geliebt. Doch Julia tut das. Sie liebt mich wirklich.

Bruder Lorenzo

Okay. Gut. 😤 Dann folge mir. Planen wir halt diese heimliche Heirat. Möglicherweise ist das der einzige Weg, den Zwist zwischen euren Familien zu beenden. 👨‍👩‍👦 💥 👨‍👩‍👦 – BL

[4. Szene]

Mercutio

Srsly, wo ist Romeo?

Benvolio

Frag mich mal. Er war letzte Nacht nicht zu 🏡.

Mercutio

Das ist alles Rosalines Schuld. Sie verarscht ihn, bis er den Verstand verliert. 🌀 Hab ich dir gesagt, dass ich sie auf der Dating-App entdeckt habe? Bestimmt krallt sie sich grad den Nächsten ...

Senden

Benvolio

Hab gehört, Tybalt hat einen Brief an Romeos Vater geschickt.

Mercutio

Wetten, er ist auf Streit aus. 👊 💥

Benvolio

In dem Fall wird sich Romeo wehren. 💥 👊

Mercutio

Klar, er ist sowas von durch. Quasi tot. Liebe hat ihn dahingerafft. 💘

Meinst du, er schafft's gg Tybalt??

Benvolio

Ah, wie seine Chancen stehen ...

Mercutio

Er ist tough. 💪 Echt tough. Weiß genau, was er tut.

Lass mal so sagen: Ich möcht nichts abbekommen. Er weiß echt, wie man austeilt und den Todesstoß setzt. 💀

Senden

Benvolio

Am besten, wir checken, wo Romeo steckt.

Gruppentext an: Romeo, Benvolio

Mercutio

Bonjour, Romeo. Musst zugeben: Hast uns letzte Nacht ganz schön verarscht.

Romeo

Hey, Jungs. 👋 Wieso »verarscht«?

Mercutio

Klar, ausgetrickst. Weißt schon, was ich meine.

Romeo

Srrrrrry. Hatte echt was Mega-Wichtiges zu tun.

Mercutio

Aaaaaalles klar. »Wichtig!« 😉 😉

Romeo

So kann man das auch sagen.

Senden

Mercutio

Los, spuck's aus! Wie war denn ihre rosa Blüte? 🌸

Benvolio

Ne jetzt? Mercutio?!

Romeo

Sagen wir's mal so: Jetzt ist sie befruchtet/bestäubt. 🐝

Benvolio

Mann. ROMEO

Mercutio

Ha! Der war gut!

Romeo

THX. Der Witz war echt mies. 📉

Benvolio

Idioten, alle beide. L8r, bd!

Senden

AMME

Was los, R?

ROMEO

Wer ist das?

AMME

Julias Amme. Hab deine Nummer von ihr. 📱
Hoffe, das ist okay.

ROMEO

Von Julia?! Klar, kP!

AMME

Na ja, alsooo, sie will, dass ich dir was ausrichte,
aber kA, ob ich soll.

ROMEO

Kannst mir vertrauen! Bei meinem ❤️, und natürlich
beim Grab meiner Großmutter, hoch und heilig.

Ich will das Mädchen heiraten! Will sofort fragen. 👧

Senden

AMME

K, entspann dich. Hallo?

Ich sag ihr schon, dass du ihr einen 💍 anstecken willst. Hilft dir das?

ROMEO

Ja! Muss dich aber um einen riesigen Gefallen bitten.

Sag Julia, dass sie sich am Nachmittag aus dem Haus schleichen und mich bei Bruder Lorenzo treffen soll. Sie soll so tun, als ob sie zur Beichte geht. Wenn sie da ist, können wir heiraten. Kann dich für deine Hilfe entlohnen. 💰

AMME

Auweia, guck mal an, jetzt raspelt er Süßholz. Kann dein 💰 nicht annehmen.

ROMEO

Nimm!

AMME

Hey, musst du mir nicht zweimal sagen! Sie wird dich am Nachmittag treffen, bd.

Senden

ROMEO

Wart mal! Eins noch.

Ein Freund von mir bringt dir eine Strickleiter. Kann dann damit heut Nacht über die Mauer.

AMME

Wow, du stehst echt auf sie, oder?

Na jaaa, dann solltest du vermutlich wissen, dass noch ein Kerl hinter ihr her ist. Paris. 🇫🇷 Ich finde ihn echt niedlich; Julia hasst es sowas von, wenn ich schwärme. Sie hat eh nur dich im Kopf. Geht einem nach ner Weile ganz schön auf den Keks. Ihr seid schon echt ein Traumpaar. 💏 bb

[5. Szene]

julia

omg. wo bist du?

warum dauert das so lang? hast du ihn gefunden?

du bist um 9 weg – und jetzt ist mittag. echt jetzt! 🕘🕙🕚🕛

Senden

Amme

Mädel, beruhige dich. Bin ja da.

julia

ENDLICH. und?

was ist geschehen? was ist los? was hat er gesagt?

Amme

Zügel deine 🐴🐴. Ich bin richtig erschlagen. 😴
Bin nur am 🏃.

julia

ECHT? muss sofort alles wissen!

Amme

OMG. Bin sowas von außer Atem. 💨 Gib mir ne Minute.

julia

offensichtlich bist du nicht total erschöpft.
du schreibst ja noch.

na los! schieb es nicht weiter raus! sind es
schlechte news? sagst du deshalb nichts?

Senden

Amme

Hallo! Du weißt schon, wie man sie sich aussucht. Dieser Romeo ist mega süß. 😏

Sanft wie ein Lamm. 🙇 Hast du schon mittag gegessen?

julia

nein, noch nicht.

warte, wechsel nicht das thema. das weiß ich doch alles schon. hat er was vom heiraten gesagt? 👰

Amme

Uff, ich habe solche Kopfschmerzen. Bin den ganzen Tag für dich rumgerannt. 👟 👟 Mir tut alles weh!

julia

okay. okay. sry. wenn wir uns das nächste mal sehen, kriegst du ne fuß- und nackenmassage. 👣

also, was hat romeo noch gesagt?

Amme

Na, klar. Vielleicht solltest du dich das nächste Mal einfach selbst um deinen Kram kümmern.

Senden

julia

tut mir leid. aber ich muss es wissen. was hat er gesagt?

Amme

Kannst du heute zur Beichte gehen? ⛪

julia

logo.

Amme

K, dann ab zu Bruder Lorenzo. Dort findest du deinen zukünftigen Ehemann.

In der Zwischenzeit häng ich die Strickleiter auf … oder so … damit er dich heute Nacht besuchen kann. Dann kannst du dich vergnügen, während ich hier die Arbeit mache. 😤

julia

omg. thx!! thx!!! thx!!!!

Amme

Ja, ja. Zieh ab. Beeil dich.

julia

schon unterwegs. drück mir die daumen. 🍀

Senden

[6. Szene]

ROMEO

Wo bleibt sie nur? Halt's nicht mehr aus. 😟

Bruder Lorenzo

Hoffen wir mal, dass wir das Richtige tun. – BL

ROMEO

Amen. 🙏 Was auch immer geschieht: Nichts kann auslöschen, was ich für dieses Mädchen empfinde.

Bruder Lorenzo

Immer mit der Ruhe, Romeo, okay? Alles in Maßen. ❤️ Weder zu schnell noch zu langsam. So, als würdest du eine Tonne Honig 🍯 löffeln. Es ist zwar köstlich, aber zu viel macht krank. 😷 – BL

✅ Julia hat Bruder Lorenzos Kirche betreten.

Gruppentext an: Romeo, Bruder Lorenzo

Julia

nabend!

Senden

ROMEO

Hey! Bin so froh, dass du da bist! Kann's kaum erwarten, verheiratet zu sein. hdgdl! Träum davon, wie's wird, wenn wir endlich für immer zusammen sind. 💗

julia

geht mir auch so. ka, wie ich ausdrücken soll, was ich fühle! 😀

Bruder Lorenzo

Genug gequasselt. Folgt mir. Rasch. 💒 Ich lasse euch nicht allein, bevor ihr nicht offiziell verheiratet seid. 💑
– BL

Senden

3. Akt

Senden

[1. Szene]

Benvolio

Können wir heim, Mercutio? Es ist so heiß! ☀️ Und die Capulets rennen draußen rum. Ich will ihnen echt nicht begegnen, sonst gibt's nur wieder Stress. Hitze macht die Leute 😡.

Mercutio

Hey, komm schon, Ben. Bist doch sonst einer von denen, die ihr Schwert nie nutzen. 🔪 Und dann ziehst du ohne Grund.

Benvolio

Waaaaaas? 😕 Echt jetzt?

Mercutio

Du 😡 dich über die kleinsten Kleinigkeiten. Und jetzt erzählst du mir was über Zurückhaltung. 🚫 Alles klar.

Benvolio

Wart mal. Die Capulets schreiben gerade. 😟

Mercutio

Ismirscheißegal. 😐

Senden

Gruppentext an: Benvolio, Tybalt

Benvolio

Hinzugefügt: Mercutio

Mercutio

Wasslos, Ty?

Tybalt

Hey, Jungs. Können wir reden?

Mercutio

Pfffff. Mach's kurz.

Tybalt

😒 Du hängst doch mit Romeo rum, stimmt's?

Mercutio

Rumhängen? Wie in ner Band? 🎺🎷🎸

Benvolio

Ist das jetzt wichtig? 👀 Wir sollten uns echt mal treffen.

Senden

Tybalt

Genau. Reden wir. Und Romeo sollte dabei sein.

Gruppentext an: Mercutio, Benvolio, Romeo

Tybalt

Romeo, es gibt nur ein Wort für dich: du Schuft! 👿

Romeo

Tybalt, das bringt mich jetzt nicht ins Schwitzen. 💦 Hab einen Grund, dich zu mögen. Plus, offensichtlich kennst du mich gar nicht.

Tybalt

Das entschuldigt nicht, was du mir angetan hast. Heute Nachmittag kämpfen wir. Triff mich auf der Straße. 🔪

Romeo

Hab dir nichts getan. ❤️ dich sogar. Kann dir nur noch nicht sagen, warum. Lass uns nicht kämpfen.

Mercutio

Romeo, was geht? Weichst du ihm aus? Wenn du nicht kämpfst, tu ich's. 🔪

Senden

Tybalt

Was willst du von mir? 😤

Mercutio

Kämpfen. Jetzt.

Ty, mach schon und zieh dein Schwert.

Tybalt

Gut. Wenn es das ist, was du willst, dann sollst du es haben. 🔪

Romeo

Mercutio, stopp! 🚫 Was tust du? Ben, wir müssen sie aufhalten. Straßenkämpfe sind hier verboten. Hört auf, Jungs! 😟

✅ Check in: Mercutio, Tybalt, Benvolio und Romeo befinden sich jetzt in den Gassen von Verona.

Gruppentext an: Romeo, Benvolio

Mercutio

Romeo. Wo bist du? Bin verletzt. 😨 Wurde getroffen. Ist Ty entkommen ⁉

Senden

Benvolio

Was? Bist du verletzt? 😭

Mercutio

Muss nur einen Arzt sehen, das ist alles. 🏥

Romeo

Okay. Halt durch. 💪

Mercutio

Ist keine tiefe Wunde, tut aber höllisch weh. 😔
Morgen bin ich ein toter Mann. 💀

Unfassbar, dass Ty mich auf dem Gewissen hat.
Die Pest soll sein 🏡 vernichten. Warum wolltest du uns aufhalten, Romeo?

Romeo

kA. 😞 Dachte wohl, es wäre die richtige Entscheidung.

Mercutio

Ben, bring mich irgendwo rein. Es geht zu Ende.

Ich hoffe, die Pest überrollt euer beider Häuser, Romeo.

Senden

Romeo

OMG. Mercutio hat mich verteidigt und musste deshalb sterben. WTF! #RIP

REPLY

Benvolio

Mercutio ist tot. Er ist jetzt im Himmel.

Romeo

Das ist so heftig, Ben. Trostlose Zukunft.

Gruppentext an: Romeo, Tybalt

Benvolio

OMG. Tybalt, WTF!

Romeo

Du lebst – und Mercutio ist tot. Wag's ja nicht, mich noch einmal zu beleidigen, Tybalt. Denn wenn du's tust, landest du bei Mercutio im Himmel.

Senden

Tybalt

Vergiss es: Du wirst ihm als Nächstes folgt.

Romeo

Hab gerade Tybalt niedergestreckt. 🔪 Rache für den Tod meines BFF!

👍 Benvolio gefällt dies

REPLY

Benvolio: Romeo! Du musst verschwinden. 🏃 Dir droht die Todesstrafe.

Gruppentext an: Benvolio, Lady Capulet, Montague

Der Prinz

Habe gerade Romeos Status gelesen. Stimmt das? Hat er Tybalt umgebracht? 😡

Benvolio

Es war Wahnsinn, Prinz. 🌀 Tybalt hat Mercutio ermordet. Und Romeo hat Tybalt abgemurkst. 😔

Lady Capulet

Was! 😨 Tybalt war mein Neffe. Das kann nicht wahr sein. Prinz, Ihr müsst Rache nehmen. Ihr müsst jemanden von der Montague-Sippe über die Klinge springen lassen. 🔪 Verärgert, LC

Senden

Der Prinz

Ben, wer hat mit dem Streit angefangen?

Benvolio

Tybalt. Romeo hat versucht, es ihm auszureden, aber Tybalt hat Mercutio niedergestochen. 🔪

Da zerbrach etwas in Romeo. Er hat Tybalt umgebracht.

Hab noch versucht, sie zu trennen, hat aber nichts gebracht. 😫

Lady Capulet

Ben ist ein Montague. Er lügt. 👉 Die Montagues haben Tybalt provoziert und ihn ermordet. Prinz, Ihr wisst, dass Romeo sterben muss. Grrrr, LC

Der Prinz

Wenn Romeo Tybalt umgebracht hat, und Tybalt Mercutio tötete, wer bezahlt dann für Mercutios Leben?

Montague

Nicht Romeo. Er hat nur seinen Freund gerächt.

Senden

Der Prinz

Dann bleibt mir keine Wahl, als Romeo aus Verona zu verbannen. Und jetzt habt ihr mich in eure Zwistigkeiten hineingezogen. 👨‍👩‍👦 💥 👨‍👩‍👦

Mercutio gehörte zur Familie. Ich bestrafe euch alle dafür. Weder 😭 noch betteln wird daran etwas ändern. Sagt Romeo, er soll sofort verschwinden oder er folgt Mercutio und Tybalt ... ins Grab. 💀

[2. Szene]

Amme

Mädel, ich hab schlechte Nachrichten. 😔

Julia

was ist denn??

Amme

Er ist tot. 💀

Julia

WER?? ROMEO?

Senden

Amme

Es war übel. Hab's mit eigenen 👀 gesehen.
Er ist tot. Mausetot.

julia

omg. bloß nicht romeo. bitte bitte. 😭

Amme

Nein, Mädchen. Tybalt. Romeo hat ihn umgebracht und dafür wurde er verbannt.

julia

im ernst? romeo war das? er hat tybalt umgebracht?

Amme

So sieht's aus. 😞

julia

ich glaub's nicht! ich bin so doof! wie konnt ich ihm je trauen? 😭

Amme

Alle Männer sind 🐷 🐷 🐷. Du kannst keinem trauen.

Senden

julia

sag das nicht über romeo. er ist kein 🐷, ich schwör.

Amme

Wie? VERTEIDIGST du ihn etwa? Hast du nicht gehört, was ich gerade gesagt habe? Er hat deinen Cousin umgebracht.

julia

ich weiß, was er gemacht hat, aber er ist mein ehemann. bin einfach verwirrt, k? 😕

Amme

Versuch mal, klar zu sehen, Süße.

julia

versuch mal, mitgefühl zu haben, süße. 😭 ich werde mich nicht besser fühlen, bis ich romeo gesehen habe.

Amme

Okay, okay, hör auf zu heulen, Mädel. Ich weiß, wo er ist. Ich geh und hol ihn für dich.

julia

das tust du?? DANKE!! hier, gib ihm meinen 💍 und sag ihm, er soll sich beeilen!

Senden

[3. Szene]

✅ Check in: Romeo befindet sich jetzt in der Kirche von Bruder Lorenzo.

Bruder Lorenzo

Bist du da, Romeo? – BL

Romeo

Ja, versteck mich. Was wird jetzt mit mir geschehen? Muss ich sterben?

Bruder Lorenzo

Du wurdest aus Verona verbannt. – BL

Romeo

Das ist schlimmer als der Tod! 😔

Bruder Lorenzo

Echt? Du hast jemanden umgebracht. – BL

Romeo

Ist schlimmer! Es bedeutet, dass ich Julia nie wiedersehen werde. 😫

Senden

Bruder Lorenzo

Du übertreibst. – BL

Romeo

Hey. Du verstehst das nicht.

✅ Check in: Amme hat die Kirche von Bruder Lorenzo betreten.

Gruppentext an: Amme, Bruder Lorenzo

Romeo

Amme!! 😀

Amme

R? Moment … warum txt wir?

Romeo

Man darf mich nicht über Julia sprechen hören. Wie geht es ihr? Hasst sie mich? Was hat sie gesagt?

Amme

Junge, sie heult sich die Augen aus. Und fragt nach dir.

Romeo

OMG, was hab ich nur getan? Würd am liebsten tot umfallen. 🔪 💀

Senden

Bruder Lorenzo

REISS DICH ZUSAMMEN! 😡 Du kannst dich nicht selbst umbringen. Amme, richte Julia aus, dass Romeo auf dem Weg ist. – BL

Amme

Ich gehe schon. R, ich soll dir noch was geben. 💍 Lege ihn dir hierhin. bd!

Romeo

Ihr Ring! Jetzt geht es mir besser.

Bruder Lorenzo

Besser du gehst jetzt. Vergeude keine Zeit. 🕒 – BL

[4. Szene]

Gruppentext an: Capulet, Lady Capulet

Paris

Schon Erfolg bei Julia gehabt? ❤️

Capulet

Sry, Paris, waren hier ein wenig beschäftigt.

Senden

paris

kP. Versteh ich. Tybalt ist tot und so.

K, gn8. Richtet Julia Grüße von mir aus.

Lady capulet

Natürlich, Paris. 🇫🇷 Ich spreche gleich morgen mit ihr. Im Moment hat sie sich in ihrem Zimmer eingeschlossen. Alles Liebe, LC

capulet

Keine Sorge. Julia wird tun, was ihr Vater sagt.

Wirst du in drei Tagen bereit sein, sie zu heiraten? 💒

paris

Klar! 😀

capulet

Das wäre geregelt. Ich red in der Zwischenzeit mit ihr. Bis dann!

Senden

[5. Szene]

✅ Check in: Romeo befindet sich jetzt unter dem Balkon von Julia.

ROMEO

Julia, diese Nacht war Hammer. Aber jetzt bricht der Morgen an. 🌅 Ich verschwinde, bevor sie mich erwischen.

julia

nein! geh noch nicht. bitte. noch ist es nicht hell.

ROMEO

Hast recht. Ich komm wieder. Wünschte, diese Nacht würde nie enden.

julia

ich auch. 😔

● ● ●

AMME

J! Deine 👵 kommt! Mädel, du bist in Gefahr!

● ● ●

Senden

julia

mist. du musst verschwinden. meine mutter ist auf dem weg zu mir. bd 😘

Romeo

Alles klar. Und Julia: Obwohl's gerade verrückt 🌀 ist – denk nur an die Geschichten, die wir uns später davon erzählen können. bb! 😘

Lady capulet

Hu-huuu! Julia, bist du schon auf? In Liebe, Ma

julia

maaaaama. mir geht's nicht gut. 😷 😔

Lady capulet

Ach, hny. Willst du für immer da drin bleiben und heulen? Tränen bringen dir Tybalt auch nicht zurück. In Liebe, Ma

julia

du hast leicht reden. kann nicht aufhören zu weinen

Senden

Lady capulet

Weinst du um deinen Cousin? Oder heulst du nur um diesen schrecklichen Romeo? In Liebe, Ma

BACK JULIA +

uhhhh, mom versteht einfach nicht, dass romeo kein verbrecher ist. wenn sie doch nur die wahrheit wüsste ... 😏 muss einen weg finden, dieses chaos in ordnung zu bringen.

julia

gott, mama. du hast recht. er ist schrecklich. ich wollte, ich könnte wieder alles in ordnung bringen.

Lady capulet

Keine Sorge, Liebling. Deine Mutter hat alles im Griff. 😉. Ich schicke jemand hinter Romeo her, der ihn mit einem Trank vergiften wird. Dann herrscht endlich Gerechtigkeit. In Liebe, Ma

Ach ... noch mehr gute Neuigkeiten! 😀 Dein Vater hat für dich die Hochzeit mit Paris 🇫🇷 eingefädelt – in drei Tagen! Ist das nicht großartig? In Liebe, Mama

Senden

julia

mom, wie kann ich denn jemanden heiraten, den ich nicht einmal kenne? 😐

sag papa, er kann es vergessen.

lady capulet

Warum sagst du ihm das nicht selbst? Ich hole die Amme dazu. In Liebe, Ma

Gruppentext an: Julia, Capulet, Amme

lady capulet

Ich habe deiner Tochter die frohe Botschaft überbracht, und, Julia, am besten du sagst deinem Vater selbst, was du mir gerade mitgeteilt hast. In Liebe, Ma

julia

ich will paris nicht heiraten, ganz einfach. 😤

capulet

Wie bitte? 😡 Freust du dich nicht über den Fang? Bist du nicht dankbar? Es gibt keinen besseren Mann für dich!

Senden

julia

ich bin NICHT glücklich oder dankbar für irgendwas. und ich WERDE ihn garantiert NICHT heiraten. 🙅

capulet

In drei Tagen stehst du in der Kirche 💒 und heiratest Paris. Ende! Der! Diskussion! Junge Dame!

julia

bitte, papa, ich flehe dich an, tu mir das nicht an. 🙏

capulet

Ich kann mit dir nicht mehr weiterreden. Bin viel zu enttäuscht von dir. 😞 Ich kann nicht glauben, dass wir verwandt sind.

Amme

Aber hallo! Das sollten Sie nicht zu Ihrem eigen Fleisch und Blut sagen.

capulet

Halt dich da raus! Das geht dich nichts an!

Amme

Bitte? 😨 Ich werd ja wohl noch meine Meinung sagen dürfen.

Senden

capulet

Spar es dir. Niemand interessiert, was du zu sagen hast.

Lady capulet

Liebling! Beruhige dich! Du weißt doch, was das mit deinem Blutdruck macht. Alles Liebe, LC

capulet

Nun, meine Liebe, ich bin wütend! 😡 Paris ist der perfekte Partner für sie. Entweder du heiratest ihn, Julia, oder du kannst direkt vergessen, dass du je eine Familie hattest. Dann interessiert mich nicht länger, wo du hingehst oder was aus dir wird – du wärst nicht mehr willkommen hier. 😤 Entscheide weise.

Gruppentext an: Lady Capulet, Amme

julia

das ist sooo unfair! 😭

Lady capulet

Tut mir leid, aber ich stimme deinem Vater zu. Jetzt liegt es an dir, dich zu entscheiden. In Liebe, Ma

Senden

julia

omg. amme, was soll ich nur machen? 😟

romeo ist weit weg, und von mir erwarten sie, dass ich das durchziehe.

Amme

Hör mal, Mädel. Ich weiß, dass du Romeo geheiratet hast. 💍

Aber er lebt nicht mal mehr hier. Er ist so gut wie tot. Vielleicht solltest du dir den Paris 🇫🇷 mal ansehen. Wenigstens könntest du ihn, na ja, mal treffen.

julia

is nicht dein ernst?

Amme

Doch, J. Ist es.

julia

hm. verstehe.

k, sag meiner mom, ich gehe zu bruder lorenzo. muss ihn riesig um vergebung bitten. 🙏

Senden

4. Akt

Senden

[1. Szene]

paris

Donnerstag wird geheiratet! 📅 💒

Bruder Lorenzo

Aber das ist so übereilt. 😟 – BL

paris

Was Capulet will, kriegt er.

Es geht um Julia, weißt du. Sie weint ununterbrochen um Tybalt. 😭 💀 Ihr Vater will, dass wir heiraten, damit sie wieder glücklich ist. 😀

Gruppentext an: Julia, Bruder Lorenzo

paris

Hallo du, Julia. Hab dich der Gruppe hinzugefügt, du mein Weib. 😉

julia

wir sind nicht verheiratet, paris

Senden

Bruder Lorenzo

Ich sollte mal mit Julia sprechen. Paris, könntest du uns bitte alleine lassen? – BL

Paris

Natürlich. Will nicht stören.

Seh dich am Donnerstag, Liebste. 😘

julia

oh, danke, dass ihr ihn weggeschickt habt, bruder. bin sowas von fertig! 😭

Bruder Lorenzo

Ich weiß, ich weiß. Hab schon gehört, dass nichts und niemand aufhalten kann, was für Donnerstag geplant ist. – BL

julia

aber ich muss doch was tun können. echt jetzt? sonst löse ich das problem auf die einzige art, die mir bleibt … 🔪

ich sterbe lieber, als paris zu heiraten.

Senden

Bruder Lorenzo

Stopp! Selbstmord ist ein bisschen sehr drastisch. – BL

💡 Aber etwas Drastisches wird wohl das sein, was wir jetzt brauchen. – BL

Julia

egal was! sagt mir, was der plan ist. 😀

Bruder Lorenzo

So könnt's gehen: Geh nach 🏡 und erzähl allen, dass du glücklich darüber bist, Paris zu heiraten. Morgen ist Mittwoch, sorg dafür, dass du morgen Nacht allein bist. 🌙 Niemand darf bei dir sein, nicht einmal die Amme. – BL

Ich schick dir einen Flakon. – BL

Senden

Wenn du zu Bett gehst, mischst du die Inhaltsstoffe des Flakons und trinkst alles. – BL

Nach dem Trank wirst du wie tot aussehen, jedoch in Wahrheit nur 42 Stunden tief und fest schlafen. 😴 Wenn sie dich am Morgen entdecken, werden sie deine Beerdigung in der Familiengruft vorbereiten. In der Zwischenzeit schicke ich nach Romeo 👦, damit er auf dich wartet, wenn du aufwachst. Klingt das gut? – BL

julia

ja! bin bereit. 👍

die liebe wird mir die kraft dazu geben. 💜💛💙

[2. Szene]

julia

papa, bist du da?

capulet

Was gibt es? Wo warst du?

Senden

julia

ich war bei bruder lorenzo. 🙏

es tut mir so leid. hab jetzt verstanden, wie egoistisch ich war. 🙎‍♀️ ab jetzt werde ich tun, was du sagst. versprochen.

ich werd also paris 🇫🇷 heiraten.

capulet

Meinst du das ernst? Das sind ja großartige Neuigkeiten! 😀

Lass uns in dem Fall die Hochzeit auf morgen vorziehen. 💑 Gesegnet sei Bruder Lorenzo, der dich zur Vernunft gebracht hat.

julia

ich gehe sofort mit der amme los und suche mir ein kleid aus 👰. bd

capulet

Gute Neuigkeiten, meine Liebe! Julia hört endlich auf uns. Ziehe die Hochzeit auf morgen vor. 📅

Senden

Lady Capulet

Ganz sicher, morgen? Wie sollen wir denn bis morgen alles fertig vorbereiten? Alles Liebe, LC

Capulet

Mach dir keine Sorgen. Ich hab alles im Griff. 💡

Geh einfach ins Bett. 😴 Ich suche Paris 🇫🇷 auf und überbringe die Neuigkeiten. Kann es kaum erwarten! 👏

[3. Szene]

Lady Capulet

Julia, Liebling, brauchst du meine Hilfe, um deine Kleidung auszusuchen? 👰 In Liebe, Ma

Julia

ne, danke. alles paletti.

wär jetzt gern allein. du hast sicher auch noch ne menge für morgen zu planen. 🎉🎁

Lady Capulet

Okay, hny. Ruh dich aus. 💤 In Liebe, Ma

Senden

BACK **JULIA** +

harte zeiten erfordern harte maßnahmen. 😕 kann nicht riskieren, morgen paris zu heiraten. muss also den flakon heute nacht schon austrinken. hab sowas von angst. was, wenn der trank zu stark, ja tödlich ist? 💀 kann ich bruder lorenzo echt vertrauen? er würde mir das nie antun. aber wenn er sich verrechnet hat? 🕐 was, wenn ich zu früh aufwache? was, wenn ich in der gruft meiner familie, in der es vor geistern wimmelt, ersticke?? 👻👻👻 da ist es dunkel und gruselig. besser, ich nehm ein messer mit, nur für den fall. 🔪 hey, tybalt, romeo, ich trink auf euch beide. ✌️❤️ – j

[4. Szene]

Gruppentext an: Capulet, Amme, Paris

Lady capulet

Hurra, wir sind fast fertig! 💃 Amme, wir brauchen noch ein paar Gewürze für die Speisen. Alles Liebe, LC

Senden

Amme

Alles klar. Wir brauchen auch noch mehr 🍩 🍩.

capulet

Beeilt euch! Uns bleibt nicht mehr viel Zeit. Wir brauchen auch noch mehr 🍗!

Amme

Was Sie brauchen, mein Herr, ist mehr Schlaf. Sie waren die ganze Nacht auf. Am Ende werden Sie noch krank! 😷

capulet

Pfff! Ich war schon für weniger wichtige Sachen länger auf den Beinen und bin nie krank geworden. 😛

Lady capulet

Sie hat recht, mein Lieber. Du solltest dich wirklich ausruhen. Alles Liebe, LC

capulet

Unsinn. Amme, mach dich nützlich und wecke Julia. 👧. Es ist an der Zeit. Ich hole Paris. 🇫🇷 Das ist alles so aufregend! 🎊

Senden

[5. Szene]

✅ Check in: Amme befindet sich jetzt in Julias Zimmer.

Amme

Hu-huuuu! Hey, J. Zeit, aufzustehen, Mädel. ⏰

Schon auf? Schönheitsschlaf genossen? 💄 💅

Mädel, echt jetzt. Raus aus den Federn.

K, komme rein. Du bist besser angezogen.

😽 Amme

Manche schlafen echt in den Klamotten vom Vortag. Schrecklich.

👍 REPLY

Amme: Oh, 💩! J ist tot!

Lady Capulet: Wovon sprichst du? Alles Liebe, LC

Amme: Srsly. J wacht nicht auf.

Lady Capulet: Oh, nein! Wir brauchen ihren Vater hier, sofort. 🚨 🚨 Alles Liebe, LC

Senden

capulet

Wo bist du? Paris 🇫🇷 wartet.

Lady capulet

Es ist Julia. OMG. Unsere Tochter ist tot. 😭 Tragisch, LC.

capulet

Nein, das kann nicht sein. Muss sie sehen.

✅ Check in: Capulet befindet sich jetzt im Zimmer von Julia.

capulet

Sie ist so kalt. ❄️ Ihr Blut ist gefroren. 😔

Sie ist tot. Oh, Julia. 😭

Gruppentext an: Paris, Capulet, Lady Capulet, Amme

Bruder Lorenzo

Hallo in die Runde. Ist die Braut für die 💒 bereit? – BL

capulet

Unsere geliebte 👧 ist .... tot.

Senden

Paris

Kann nicht sein! Ich habe mein ganzes Leben auf diesen Morgen gewartet. 🌅

Lady Capulet

Ich hatte nur eine Tochter! Eine! Und nun ist sie tot. 💀 Das ist der schlimmste Tag meines Lebens. In Trauer, LC

Amme

Der heutige Tag ist ein einziges schwarzes Loch. ⚫

Capulet

Wir müssen sie zur Ruhe betten. Zusammen mit aller Freude, die uns noch verblieben ist.

Bruder Lorenzo

Entspannt euch! Sie ist jetzt an einem besseren Ort. 👼 – BL

Senden

capulet

😖 Wir haben für eine Hochzeit geplant … die jetzt eine Beerdigung ist.

Bruder Lorenzo

Nun nicht nachlassen, Leute. Wir müssen 👧 für die Beerdigung vorbereiten. Das ist jetzt, was zählt. Auf! Mein Beileid zu Eurem tragischen Verlust. – BL

Senden

5. Akt

Senden

[1. Szene]

Balthasar

Hey.

Romeo

Wer bist du? 😕

Balthasar

Ich bin's, Balthasar.

Romeo

Sry. Hab die Nummer nicht erkannt.

Balthasar

Hab aufs neueste Modell upgegradet. 📱
Neues Ich, neue Nummer.

Romeo

Mega.

Was gibt's Neues? Hast du Neuigkeiten aus Verona?
Wie geht's Julia? 👧

Senden

Balthasar

Srsly, nicht so gut. 😔

Romeo

Was meinst du?

Balthasar

Julia ist tot, Romeo. Tut mir echt leid. Sie wird gerade in der Familiengruft beerdigt. 😇

Romeo

NEIN! Kann's nicht glauben. 😭

Balthasar, bring mir ein 🐴. Noch heute Nacht reit ich nach Verona. Ich muss! Wir treffen uns gleich. Muss noch ein paar Dinge erledigen.

Balthasar

Alles klaro.

> 👦 Romeo
> Gerade das tödlichste Gift, das online erhältlich war, erworben. 🍷 Und alles zieht dahin. #schluck
> 👍 REPLY

Senden

[2. Szene]

Bruder Lorenzo

Hast du den Brief an Romeo abgeliefert? 📫 – BL

Bruder John

OHH; SCHLECHTE NACHRICHTEN:

ALSO; ICH BIN LOS; UM EINEN BRUDER ZU SUCHEN; DER MICH BEGLEITET: SCHLIE?LICH KANN ICH NICHT ALLEINE GEHEN: (ER WAR GERADE BEI DEN KRANKEN ZUGANGE:) 😷

Bruder Lorenzo

Warum schreist du? – BL

Bruder John

KEINE AHNUNG; WOVON DU SPRICHST:

Bruder Lorenzo

Bist du sauer? – BL

Senden

Bruder John

WAS? NEIN! KEINE AHNUNG; WIE MAN DIE FESTSTELLTASTE AUSKRIEGT:

Bruder Lorenzo

Okay, okay, mach weiter. – BL

Bruder John

HAT SICH HERAUSGESTELLT; DASS DAS HAUS; DAS ER BESUCHTE; VON DER PEST HEIMGESUCHT WAR: UPS: HAHAHA:

WIR SA?EN FEST UND ICH KONNTE NICHT RAUS: 🙅 LANGE REDE; KURZER SINN: DER BRIEF HAT ROMEO NICHT ERREICHT: TUT MIR LEID!!!

Bruder Lorenzo

Heilige 💩! – BL

Der Brief war extrem wichtig 😖 – BL

Ich muss sofort zu der Gruft. – BL

[3. Szene]

✅ Paris befindet sich jetzt in der Gruft von Julia.

Senden

Paris

Julia, ich kann nicht glauben, dass du so früh gehen musstest. Ich habe dir Blumen ans Grab gebracht. Ich werde sie jeden Tag gießen. Vermutlich mit meinen Tränen.

REPLY

Romeo

Hab alles dabei, was ich für die Gruft brauche. Bin so bereit, wie ich's nur sein kann. Einmal noch muss ich ihr Gesicht sehen. Balthasar hat meinen Brief . Den soll er meinem Vater geben, hab darin alles erklärt. Nichts hält mich mehr auf!

REPLY

Paris: Dude, bin schon da.

Du bist ein . Dich muss man aufhalten.

Romeo: Hör auf, so zu übertreiben. Komme doch nur, um zu sterben.

Paris: Pfff. Klar. Wenn du wirklich kommst ... wirst du nicht entkommen.

Senden

✅ Romeo befindet sich in der Gruft von Julia.

🇫🇷 Paris

Waaaaas? Romeo hat mich erwischt. 🔪 #sterben Bitte lasst mich auf immer neben #Julia ruhen. RIP, meine Wenigkeit. 💀

👍 REPLY

Romeo: Lass dich nur neben Julia liegen, weil's schon zu viele Tote gab und du eine richtige Beerdigung verdienst.

📢 Sprachnachricht von Romeo

BACK **ROMEO** +

Bin ganz aufgeregt, das Grab zu öffnen ... 💥 Oh, Julia. Ich seh dich. 👀 Seh dein wunderschönes Gesicht. 👧 Du bringst so viel Licht in diese dunkle Gruft. Fühl mich plötzlich so ... glücklich. 😀 Warum nur? Versteh's nicht. 😕 Manche sollen kurz vorm Sterben erleichtert sein. Fühlt sich aber trotzdem falsch an ... so viele starben meinetwegen. Armer Tybalt. Julia, du bist perfekt. Tut mir alles so leid. Jetzt werde ich für immer bei dir sein.

Senden

Werd in alle Ewigkeit neben dir liegen. Mit diesem Kuss komm ich zu dir … 😘 Und jetzt … das Gift. 🍷 Mit einem Kuss auf den Lippen werd ich sterben. Auf dass ich in Frieden ruhen möge …

✅ Bruder Lorenzo befindet sich jetzt in der Gruft von Julia.

💒 Bruder Lorenzo
Ich bin zu spät! 😱 ROMEO! Und Paris! OMG, was ist hier nur geschehen?

👍 REPLY

✅ Bruder Lorenzo hat die Gruft von Julia verlassen.

julia

gähn. bruder lorenzo, bin wach. 😀 wo ist romeo? hab alles so gemacht, wie du gesagt hast! jetzt sollte doch alles nach plan laufen, oder?

Senden

Bruder Lorenzo

Julia, jetzt ist keine Zeit zum Reden. Stehe vor deiner Gruft. Da kommt wer! 👀 Wir müssen verschwinden. Romeo ist tot und Paris ebenso. Du bist hier nicht sicher. Folge mir. – BL

Julia

was?! bist du durchgeknallt? 🌀 wenn das stimmt, kann ich nicht gehen.

📯 Sprachnachricht von Julia

BACK Julia +

romeo, wach auf! wach auf!

was hast du nur getan? wusstest du denn nicht, dass ich das alles nur für dich getan hab? für uns? ich schlief und schlief und hab gehofft, du wärst das erste, was ich sehe, wenn ich die augen aufschlage. 😍 und jetzt bist du tot? 😞 was ist das? 🍷 👃 omg, es ist gift! du hast gift getrunken.

Senden

und du hast alles leer getrunken. ey. vielleicht klebt noch was an deinen 👄 und wenn ich dich küsse ... 😘

nichts. wtf! dann nehme ich stattdessen das 🔪, bd, grausame 🌎, und bb, mein romeo. 😘 rip, j

✅ Der Prinz befindet sich in der Gruft von Julia.

👑 Der Prinz

Was geht hier vor? So viel Lärm und Unruhe! 😤

👍 REPLY

Capulet: Das wollte ich auch grade fragen. Komme gleich rüber.

👍 Lady Capulet gefällt das.

Lady Capulet: Alle rennen in der Gruft umher. Höre Leute schreien! »Julia!«, »Romeo!«, »Paris«. Verwirrt, LC

Senden

✅ Wächter befindet sich in der Gruft von Julia.

👮 Wächter

Julias Gruft ist kein schöner Anblick. 🙈 Julia ist tot. Romeo ist tot. Paris ... ihr könnt es euch schon denken. Tot. 💀💀💀

👍 REPLY

Der Prinz: Wie konnte das passieren? Alle drei? Ich erwarte Antworten!

Wächter: Ich ermittle noch. Am Boden liegen Werkzeuge, mit denen die Gruft möglicherweise geöffnet werden konnte. 🔨🔧

✅ Capulet befindet sich in der Gruft von Julia.

capulet

OMG. Julia hat sich mit diesem 🔪 umgebracht. Es sollte in Romeos Rücken stecken! 😡

Lady capulet

😭😭😭 – LC

Senden

Der Prinz

Ich habe schlechte Nachrichten.

Montague

😔 Meine Frau starb letzte Nacht. Sie konnte Romeos Vertreibung nicht länger ertragen. Und Ihr meint, es gibt noch Schlimmeres?

Der Prinz

Hast du den Status des Wächters gesehen? 😞

Montague

Moment.

Oh, Romeo. Du Narr. Ich sollte doch zuerst sterben!

Der Prinz

Sh, sh, sh, sh. Wir müssen herausfinden, was geschehen ist. Ich spreche mit Bruder Lorenzo und hole uns zur Info alle in die Gruppe. 😟

Gruppentext an: Bruder Lorenzo, Montague, Capulet

Der Prinz

Hey, BL. Könntest du uns bitte erklären, was passiert ist?

Senden

Bruder Lorenzo

Ich glaube nicht, dass ich nach meinem Geständnis noch lange leben werde … hier kommt es. – BL

Ich habe Romeo und Julia heimlich getraut. Am Tag, als Romeo verbannt wurde. Julia hat ununterbrochen geweint, nicht um Tybalt, sondern weil sie Romeo vermisst hat. Dann kam jemand auf die glorreiche Idee, sie mit Paris verheiraten zu wollen, um ihre Trauer zu beenden. Als sie zu mir kam, drohte sie sich das Leben zu nehmen, wenn ich ihr nicht helfen würde. Also habe ich ihr ein Schlafmittel verabreicht. Alle sollten sie für tot halten, doch beim Aufwachen sollte sie wieder mit Romeo vereint sein. Zumindest war das der Plan. – BL

Ich habe Romeo einen Brief geschrieben, wann er in die Gruft kommen sollte, doch der Brief kam nicht an. Ich bin hingerannt, doch ich war zu spät: Romeo und Paris waren schon tot. Julia wachte gerade auf. Da ich aber Geräusche hörte, bin ich erschrocken und weggerannt. Vermutlich war der Anblick zu viel für sie. Deshalb hat sie das genommen und … oh, so ist dann alles gekommen. – BL

Senden

Der Prinz

Habt ihr das alle gehört? Capulet?

Montague? Seht ihr, was euer Familienzwist gebracht hat? 😡

Ihr habt eure Kinder verloren. Und nur weil ich weggesehen habe, habe auch ich Familienmitglieder verloren. Wir wurden ALLE dafür gestraft.

Capulet

OMG. Montague, es tut mir so leid. Ich weiß nicht, was ich sonst sagen kann. Das ist alles so schrecklich. 😔

Montague

?!? Ich kann nicht glauben, dass wir das zulassen konnten. Wir waren so dumm. 😖

Senden

Der Prinz

Ich denke, der Streit der Familien Capulet 🆚 Montague ist nun vorbei.

Aber nichts und niemand wird Romeo und Julia zurückbringen.

Der traurigste Verlust von allen. 💔

👦 Romeo und 👧 Julia sind jetzt in einer Beziehung. ❤️ Für die Ewigkeit.

👍 140 gefällt das. REPLY

Capulet: Bis dann! 🍷 🍷 🍷
Lady Capulet: Oh, hny! Ich freu mich so für dich! ❤️ Hoffentlich warst du in Weiß. In Liebe, Ma
Montague: Habe gerade ein Geschenk in der Sakristei bestellt. Sollte in einer Woche geliefert werden. 😀
Benvolio: Gratulation! Ihr beiden wart schon immer mein Lieblingspaar!
Amme: Ahhh, mega! Ihr habt's drauf, ihr beide. #instalove

Senden

Für alle, die das Motto IHA! vertreten und noch-mal nachschauen möchten

2l8: too late – zu spät

aba: aber

bb: bis bald

bd: bis dann

BFF: beste Freunde für immer

bn: bis nachher

BRB: be right back – bin gleich zurück

BTW: by the way – übrigens

dk: don't know – weiß nicht

G2G: got to go – muss los

gg: gegen

Gn8: gute Nacht

GL: good luck – viel Glück

Gr8: great – großartig

H8r: Hater – Hasser

hdgdl: hab dich ganz doll lieb

hny: Honey

Senden

IHA!: Ich hasse Abkürzungen

IRL: in real life – im echten Leben

k: okay

kA: keine Ahnung

kB: kein Bock

kP: kein Problem

l8r: later – (bis) später

lOl: laughing out loud – werf mich weg vor Lachen

Lvr: Lover/Liebhaber/Freund

mu: miss you – vermiss dich

OMG: Oh my God – Oh, mein Gott!

srsly: seriously – im Ernst

sry: sorry – tut mir leid

thx: thanks – Danke

txt / txt me: texten/schreib mir

WTF: What the F*ck – was zum Teufel

YOLO: you only live once – du lebst nur einmal

Senden

einige emojis, die du in diesem Buch findest

- 😡 wütend
- 😫 schmerzgeplagt
- 😕 verwirrt
- 😵 tot/voll geplättet
- 😏 verschmitzt
- 😞 enttäuscht
- 😊 verlegen
- 😤 extrem sauer (vor Wut kochen)
- 😭 extrem traurig (heulen)
- 😘 flirten (Kuss)
- 😉 freundlich (zwinker, zwinker)
- 😖 frustriert
- 😜 albern

Senden

- glücklich
- gleichgültig/nicht interessiert
- verliebt/Liebe
- traurig
- schockiert
- schockiert + schreiend
- krank
- kindisch
- müde
- nicht amüsiert
- besorgt
- versiegelte Lippen (verschweigen)

Senden